桜の空　目次

＊

＊

*

桜の空

＊

桜の空

よくはれた　はるのそらに
さくら　さき
はらはらと　さくらまう
きから　はなれ
そらに　うかび
かぜに　ながれて
ひかりながら
いくよ
どこに
わたしも　ゆきたい
はらはらと

桜

さいた　さこうか
まだかな　まだだよ
おひさま　あかるい
さいた　さいたよ
さこうよ　そうだね

みあげるひとたち
はるかぜふいて
ちらちら
ひかるよ
しろいはなびら
うすべにいろの
うすいはなびら
きれいだね
きれい
さんざめき
さざめく
はなのなみ

山科疏水

なのはな
さくら
わきみず　ながれ
なのはな
さくら
ひかり　きらきら

なのはな
さくら
かぜ　さんぽ
なのはな
さくら
しろい　いす
なのはな
さくら
けあげ　まで

＊けあげ・・・蹴上　京都の地名

ねこさんぽ

ねこにであう
まるまるねこに
にげるねこ
こっちを　じっと
にらみねこ
みちばたの　くさも　ねこのこのみ
ふさふさ　はえている　ねこじゃらし
しろいふんすい　ゆきやなぎ
ちゃいろ　しましま　ねずみいろ
しっぽをたてて　あるくねこ

おすわりねこに　あくびねこ
せなか　のびのび　のびるねこ
おなか　ふかふか　みせるねこ
たくさんの　はとも　ねこのこのみ
はとのなかに　とびこんで
しっぽ　くるりと
とびあがるねこ
とびあがるはと
いしの　うえでは
ひなたねこの　ひなたぼこ
ねこは　なんびき
さくら　ふるなか
あるくたびに　ゆびをおる

＊神戸　六甲アイランド　シティヒルで

さくら

はらはらはらはら
光の中を
ちらちらちらちら
光に触れて

風に舞い上がる
花吹雪

巻かれて落ちて
川面に浮かぶ　花筏

いつか　だれかとあるいていた
きらきらきらきら
光を乗せて　流れてくる
たくさんの思い

＊京都　哲学の道で

紅しだれ

紅しだれの桜　咲き
風に流れ　花の滝
豪奢な空に　心を放す

また　逢えたらいいね
桜《はな》の影
だれかのことば

咲いて散り
葉を染めて
いつまた　逢えるものか

風が届ける
はなびら　ひとひら
あなたの髪に

よみがえる　しだれの桜
むかしの　やくそく
その　紅の色

＊京都　二条城で

桜の道

桜　咲く
大島桜　山桜に　紅しだれ
まぶしいほどの　光に誘われて
桜の道を歩けば
桜の木が　枝をさしかけ
風に揺れる

鳥が枝に止まり
花茎を切る
花の形のまま

廻りながら　落ちてゆく
桜の花々
目の裏に　花影を残して

水面に落ちていく　花を追えば
風に吹かれ　波に揺られて　たどり着く
桜の溜まり
花筏となって　波に大きくうねる
花の下では　海の底から魚が昇って
桜を食んで　ほんのり酔っているだろう

＊

＊＊

五月　道は赤い実の果汁で染まり
種が　足裏に痛い
芽吹くのか　乾いて終わるのか
柔らかい土に　落ちたものは
硬い石畳に　落ちたものは

鳥が　実を啄《つい》ばむ
嘴《くちばし》の先は　固くとがり

人が　口に含む
指を赤く染めて

猫が踏む
柔らかい足裏で

立ち尽くす足の下には
生まれなかった種たちが
幾層にも　積み重なって
赤い果汁を　しるしのように
流し続けて　足を沈める

白川郷

陽の射す
白く　冠雪した山々を
遠くに望み

溝川には雪解け水が
とうとうと流れ
赤い斑点をもつ
大きなニジマスが
何匹も泳ぐ

くさいろの　あぜ道
なのはな
さくら
こぶし
やさしいいろの
春の花

水車がまわる
体　透き通る

*

紫陽花

天の水を　吸い込んで
なにいろに　咲くかしら
あじさいの　つぼみ
雨ばかりの　このごろ
みつめれば
なにいろか　わかるかしら

日を彩って
光をつれて

初夏

汗ばむ日
風を探して
木の葉を見る

そよぐ枝のそばに
身をおいて
次の風を待つ

風が翼を
持ち上げて
テイクオフ

光が点滅する
風が届ける
異国の言の葉

優しい言葉が
皮膚を撫でていく
その先

有珠山

初夏の有珠山を歩く
山の上の草原には
紫色の松虫草
赤い吾《われ》亦《も》紅《こう》
つりがね草
野草が　風に揺れ
草の中から花の中から
多くの種の蝶が

にわにわと
風に乗り舞いあがる
黒いからすあげは
橙色の豹紋蝶
瑠璃色あげは
たくさんのつがいの蝶たち
宙に舞い遊ぶ

すっくりと　白い噴煙
青い空に昇る

原生花園

オホーツク海の砂山に
ハマナスが咲く
つやつやの朱の実
海岸に沿って　一本の線路が延びる
猫の駅長がいたり
駅喫茶があったり

シシウドが　すっくりと伸びて
青い空に映えている

摩周湖

くっきりと姿を見せる　湖の面
カムイヌプリの頂まで　すっきり映し
水の上は白い雲が浮かぶよう

カムイシュ島遠く
足元にはリスが遊ぶ

鹿

さざ波たつ　湖に　鹿
光を浴びて
若い鹿が　跳ねて水と遊ぶ
水　きらめいて

目の前を　駆け抜ける
つややかな　瞳

鳥を　追って　森の中に
駆け上がる　美しい鹿
ロッキーの　山頂の湖で
風に吹かれて
鹿の輝く命を
瞳から　吸い込んでいる

＊カナダ　ロックアイル湖で

気踏譜

森の中から　ステップを踏んで
エアリアル　舞踏靴で　来るよ
森の　息吹を　つれて

アラベスク　唐草模様の形に
足跡からは　緑が萌えるよ
森の吐息が　昇り

チェンバロと
ビオラダガンバは
森の歌を　奏でて

ステップで編む　シンメトリー
ジーク　サラバンド　ブーレ
ドレスの　裾を　翻して

踏んで　踏んで
廻って　踏んで
森の　気踏譜

＊バロックダンスに寄せて

讃歌

あなたは　見たことが　あるか
湿原の下に　七色の光が　輝いているのを
浮島が　風で流れる度に
沼の奥底で　ひかるのを

あなたは　聴いたことが　あるか
風が　草を吹くときに　流れてくる

リュートの　音色を
泡立つ　水紋の音を

星が降って　光が湿原を埋める　夏の夜
いっせいに　花が　開く
リュートの調べに　花びらが　なびき
光の讃歌が　宙《そら》に　昇っていく

＊信州　八島湿原で

蓼科

湿原に　花がいっせいに咲く　夏
風が草を渡り　葉裏を光らせる
浮島が風に流れ　波が立ち上る
幾層にも重ねられた　命を糧にして　咲く花々

松虫草　吾亦紅《われもこう》　下野草《しもつけそう》　風炉草

一陣の風　霧が流れ
明るく透明な光が　肌を焼く
焼かれるままに　立ち尽くす夏
目を上げれば
百日紅《さるすべり》の花びらが　はらはらはらはらと降りかかる
夏の陽射しに　燃え光る　花
風に　吹かれて　舞い上がる　花びら

白い花

小高い丘の麓
人が集まって　額ずいている　碑《いしぶみ》
草はらが広がって
緑だった草の葉も
乾いた風と寒気で　冬枯れている

草の蔭に白き花あまた
デイジー　アスター　スカビオサ
グラジオラス　フリージア
茶色い枯れ草にまじり
たくさんの白い花が咲いている

伸びてくる　あまたの手
花を摘み　石碑の前に供え積む
花は摘まれるそばから
また伸び　咲き　花は増えて
数を減らすことがない

風に揺れる　白い花の群
何の石碑か　命の集まる
祈る人々は　消え去って
白い花が丘を覆う
石碑　花風の中に立つ

風の舟

湿原で　地栗《り》鼠《す》が鳴くよ
泥炭層の巣穴から　でてきては
するどく　キイと鳴くよ

短い夏の　美しい日
光は満ちて
花鮮やかに　咲いて

風が渡り　湿原が波打つ
声をのせて　運ぶ
風の舟

尻尾を立てて　栗鼠が歌う
明日への恋歌
届けよ　歌

巣穴が凍土に　つつまれるまでに
風が　雪を　つれて
眠りを運ぶ　まえに

＊カナダ　サルファー山で

ムーア

一面の紫の花が　広がる丘
風が駆けのぼり　駆けおり
霧を　つれてくる
霧の荒れ地　ムーア

荒れ地　には
何かがさまよう　声がする
湖に沈められた　ものたちが
這いのぼる　しるし

霧のむこうには

断崖に立つ　岩の城
湖をかかえて
鉄の扉を閉ざす

湖に沈んだら人で
浮かべば魔物と　いわれる
まことしやかな魔が
通り抜けていた時代

いっせいに　咲いた
ヒースの丘に　風がのぼる
霧を　晴らして
くらがりを　連れて

＊イギリス　ダートムーアで

ストーンヘンジ

緑の丘に　環状列石
夏至の朝　光が伸びて
草の丘が　開くよ

森だった頃の
標《しるべ》がなかった頃の
羊歯《しだ》に覆われた　道

月の下で　墓が開くよ
森閑《しんかん》と　人が集まり
石を　見上げる

青い影が　伸びて
火が　燃えて
獣に　囲まれて

＊

天草

とんびがあまた舞う
天草の空
餌《え》を投げ上げて
掴みとる一瞬
鬼ヶ浦の海
光る

石垣島

エメラルド色の海に　潜る
環礁を洗って
潮が鳴る

海の底に　降り立って
水面を　見上げれば
揺れている　光の天輪

珊瑚礁に　光が　降りてくる
息が　泡粒になって　昇っていく
海藻が　揺れる

ほほに触れていく
色とりどりの魚たち
ひざまずいて　手を伸べれば

海に溶け込む　血潮
潮流に乗って　駆けてくる　海馬
なつかしい光景に　海に還っていく

舟歌

舟を漕ぎ出す
月のない夜に
櫂をこぐ音
喧噪から離れ
岸の明かりから離れ
沖を見つめて

たゆたっていると
海がほのかに明るむ
あなたを思い

空を見上げると
星が幾筋も流れ
光の尾を曳く

夜空の彼方に悩みを流して
海面がまた闇に戻る
闇にたゆとう　海をみつめる
再びの光を待ちながら
あなたの　名残を
たどりながら

炎天

目の前に　白い石畳の道
目を閉じて　歩いてみる
あまりに眩しい　照り返しが
網膜を焼くから
進む方向を　見定めて
来る人を　避ける軌跡で
足裏で　石畳みの繋ぎ目を　確かめながら

いつまで続くのだろう　この炎天
熱い風を吸い込み　思わず息を止める
肺の中まで焼ける
炎天
目を閉じていても　日傘をさしていても
熱い陽射しに　焼かれて
いつまでも続く　白い石畳の道

獅子座流星雨

夜通し見た　たくさんの　流星雨
願い事が浮かぶ前に　流れ去っていった
綺羅星の瞬間たち
赤いワインと　暖かい掌に包まれて
夏の夜に　揺れる

澄んだ大気　満ちる山の上で
素足に　緑の草を踏む

踏むたびに　飛蝗《ばった》が宙に舞う
空には綺羅星　星座を数えて
頭の上で　廻る星々

紫陽花は　陽射しに晒されて
からからの　ドライフラワー
花を握って　時を砕いて　風に巻く
乱舞する星　光のシャワー
光が　皮膚を　焦がす

驟雨

噴煙昇る　赤銅色の山肌に
硫黄の匂いのする　火口の上に
黒い雲が　駆けて来る
激しい　驟雨を連れて

洞窟に　駆け込む
すでに驟雨は　山肌を打ち
足元に迸り　流れ込み　降り籠める
白い幕が　視界を覆う

洞窟の奥　覗き込む　岩の割れ目
闇の底に　緑に光る　光蘚《ひかりごけ》
触れそうで触れない　淡い光
耳を澄ますと　底で　水滴の音が鳴る

硫黄の匂いの中で
しばらくの間　あなたと
膝を寄せて　隠れていよう
神の山の胎内に　水琴の音を聴きながら

＊浅間山　鬼押出しで

葡萄酒

くらくらと　酔わせてよ
あなたに

いちめんの　葡萄畑
夏の陽射しに　葉がきらめいて

ひとすじの　まなざしで
わたしの骨を　はじいてよ

テラスに降り　揺れる

透明な光

うなじに触れる　光の風
あなたの唇

くらくらと　酔わせてよ
あなたに

ワイングラスの
赤い光を　散らして

＊ドイツ　リーデスハイムのワイナリーで

ミラベル庭園

さえずる鳥たちの
装飾音符
軽やかに音階を駆け上がって
空をめぐっている

やわらかい風が吹いて
薔薇が絡まる石塀の上から
フルートの調べを運び
よろこばしげに　噴水は輝いている

＊オーストリア　ザルツブルグで

ザルツブルグ

道の向こうには　岩でできた城砦
くりかえされた　破壊と流血
たくさんの炎
いかつい武器と鎧の音

急な坂道を登る
戦乱の時　岩を落とした坂道
石畳の下に　死が　累々と重なっている
城壁の銃眼から　恐怖が覗く

きっと来るにちがいない
今日と同じ明日の中に
穏やかな日常の真ん中に
凄惨の矢は放たれる

鳥　風に乗り
鳴きながら　旋回する
風をさかのぼりながら
苦しい　記憶の中に

＊ホーエンザルツブルグ城で

聖ポール大天主堂

石の壁だけが残った
澳門《マカオ》の大天主堂
正面の彫刻には
悪魔を踏みつける姿も彫られ

徳川時代のキリシタン弾圧
日本に埋葬を許されなかった
キリシタンたちは骨になって
澳門に運ばれた
悪魔像は家康

異国の地が永眠の地とは
カタコンベに納められた人たちの骨は
その人の名前をつけたガラスの引き出しの中
明かりで照らされ展示されている
明るくて眠れないだろう　これでは
こんなにも人々の目にさらされて
来たくて来たわけでもない
異国の地　帰れる日は

この人たちも私たちも
歴史の箱の中で
揺られている

嘆きの日を歌う男の声は

嘆きの日を歌う男の声は
息と声がまじり合い
深い陰りになって
心に届く

歌いかける
その男の声
伝わり振幅する
その嘆き

柔らかく　歌い上げる
男の目には
或る　いちにちが
共振して響く

なげきの日
おもいの還る場所
歌う男の　胸の中に
わたしの心の中にも

＊震災後、畑儀文先生の「レクイエム」を聴いて

ピエ・イエズス

はじめの　ひとつの音を　ときはなし
喉の奥を高く掲げ
頭骨の空間めがけて　ひとすじの息を送る

響かせて　響かせて
一本の線になって　空に声を昇華して
震える振動が癒す　重たい血流

風のそよぎにも
草原に揺れる野草にも
降りかかる木漏れ日にもにて

最後の音がそよそよと
吹きぬけながら
昇っていくよ

＊ピエ・イエズスは　フォーレ「レクイエム」の中のアリア

ベネチア

月が　まるい夜
ゴンドラで　運河をゆく
窓から　流れる　明かりが
水に　揺れる

ゴンドリエーレの　歌声
物語を　聞くように
声の流れに　酔っていると
水が　膨れあがってくる

歌に　魅かれて
水の精が　昇ってきたのか
聖堂の　祈りの影を映して
静かに　水が　溢れる

石の階段を　沈める
石の橋を　沈める
眠りの中に
街を　ひたひたと　沈めていく

マレーシア

湿気が包む　熱帯樹林帯の　夕暮れ
蘭の花の群落をぬって
色に酔いながら　歩く

遠くに祭りの竹を打つ音
吹き矢をもった人たちが
樹林に入っていく

蘭の香りが　たちこめて
花の蔭に赤いけものの目
木に駆け登っていく

木の枝から　垂れ下がる　花
タニワタリの緑の群落
ゴムの木が生い茂り　緑に取り囲まれる

湿地帯をいくと　沼
沼には　アリゲーターが身を沈め
目ばかり　出している

やがて月　水辺で佇んでいると
樹林を行き交う人が　ぼんやりと浮かび
熱気が寄せてくる　今と過去が交錯して

マリンパーク

夕暮れ時の海岸に　明かりがともり
潮が　満ちてくる
明かりが　波頭に呑まれる
波に揺れる明かりは増えて
石畳の上までも
水が　知らぬ間に上がってくる

石畳の間から生えている草を浸し
石のベンチを超えて
釣り人の魚籠《びく》をさらって

ひと波ごとに浸食を広げていく
魚が打ち上げられる
なんの魚か　背鰭を見せて泳ぎ始める

目を移せば
夕陽に浮かぶ　丘の影
茜色を残して　樹樹は黒い
蝙蝠《こうもり》が　羽を広げて飛び始める
海が　闇に沈んでいく
明日の暮には　潮はどこまで来るのだろう

＊神戸　六甲アイランドで

＊

神護寺

清滝のほとりを遡行する
流れる水の底には
去年の秋に投げた
かわらけのかけら
沈んで時折光り
空を見上げている

音なしの滝

呂川《りょせん》のむこうで
声明《しょうみょう》が和する
紅葉の天蓋
音なしの滝をめざして　歩く

呂川を遡るとやがて　山道
暗い木立を抜けて

やっと辿り着く　音なしの滝
魚山　声明の地

聞こえる滝の音　葉ずれの音
古《いにしえ》の人は　ここで何と和したものか
脈の音
梵唄《ぼんぱい》　今もそこに残って

＊魚山　音なしの滝・・・来迎院・天台声明発祥の地

明日香風

そよぎながら伸びる声は
明日香を吹く風
すすきの穂の間を
萩の枝の花のなかを
光と遊びながら舞い透《とお》る

采女の袖吹きかへす　明日香風
都を遠み　いたずらに吹く

見上げれば
煌々とした白い月
采女の袖を吹いた風が
廻っている

＊万葉集　一―五十一　志貴皇子より引用

阿蘇高原

ススキの白い波が　光になって　斜面を駆け下りる
風を切って　鳥が飛ぶ　頭上で何度も　旋回しながら
あれは　どこかで　見た　羽のかたち
背丈ほどもあるススキの原に分け入って　けもの道をたどる

白い月が出たそうな
風が吹き渡る　道だそうな
赤い目のけものが　連なって　走っていった夜

なにか見えないものが　過ぎていく秋
すすき野を踏み分けていると　いつの間にか
秋が過ぎ　風花が舞う

見上げれば　空は鈍色《にびいろ》
空には　白い羽の種が眠り
ススキを凍らせて地を封印するだろう
高原を眠らせて

やがて
夜空には　こうこうと白い月
大気が静止する
吐く息だけが白い

神の息吹降り注ぎ

中国山地の奥深く
踏み入る　杣人《そまびと》
独り
山を黙々と開く　男の腕
斧音《おのおと》響き　日が照らす
男の顔と腕を　照らし
山腹から眺める　川光り
出雲の社《やしろ》の　屋根光り

獣を追う男
眼を凝らし
体を低く構えて
獣を見つめる
襲いかかる
その時
風が木の葉をゆすり
光の煌めきを送る

神に愛された男
八百万の神の
息吹を受けて
川の魚を漁《すなど》る

魚籠《びく》は　魚で満ち
一日を終えた男の
筋肉を骨を癒す
神の息吹

神の喝采を浴びる
万雷の　神在月
神の息吹　降り注ぐ
男への報酬
筋骨　隆と
大地を　踏んで
夕焼けに　立つ
その　男の顔

＊錦織　圭選手　楽天優勝に寄せて

金剛石

冬の陽射しに　光る金剛石
煌めきの奥底に　小さな　卵
微かに光に　振動しながら
何になるか　考えている

雪輪幻想

雪雲が世界を覆い
雪でちらちら
視界を白く　濁していく
白く霞む　空の奥には
濁った黒い雲
あの黒い雲の深さは
降り積もる雪の重さ

あとどれぐらい積もるのか
雲を動かす風は吹くのか

カナディアンロッキー

風が　重たい雪粒を　吹きつけて
白く　視界を　おおう
青々とした夏草の上に　雪は降り
巣穴を　閉じていく

つま先に雪を乗せ
うつむいて　しんしんと歩く
かじかんだ指で　針葉樹の枝を分けると
ぼんやりと　淡い色彩の花畑

雪を乗せた　花の群落

ウェスタンアネモネの紫の花
ペイントフラッシュの赤い花
黄色のマウンテンデージー

雪に　沈んだ道
熊追いの　鈴が鳴る
白頭鷲が　空に　弧を描いて飛び
鹿が　林の中から　こちらをみつめる

峠もこえて　いくのだろうか
何かを追って
雪降る道を　寒がりながら
ほつほつと

＊サンシャインメドウで

雪の森

雪降る　森
針葉樹から　積もった雪の束が
時折固まりになって　降り落ちてくる
風に吹き流されて　雪が走る
私はそれをガラス越しに見ていた
暖かい部屋には　炎が燃え
ガラスは透き通り　外の景色はよく見えた

何を待って　この部屋にいるのだろう
ある日　天啓のように降り下りてくるものか
あるいは　なにもない　空か
ほてった　てのひらを　ガラス窓に押し付けると
雪が消えていく
雪の奥には針葉樹林
そのむこうは白く掻き消えて
風の音が　いつもやまない

＊シベリウス「樅《もみ》の木」に寄せて

冬の鳥

寒くなったね
寒くなったね
こんなに冬って寒かったっけね
軽いダウンのコートだね
風も冷たいね
柔らかいえりをたてないと

眠りのむこう

遠い水鳥の棲む湖では
水鳥の羽　冬風に舞い
凍った湖面の上を滑っているだろう
冬鳥は首をすくめ
羽に暖気をためて眠る

門司港

海に雪　降る
夜明かりを映す　海の面
光を揺らして
跳ね橋がゆっくりと　揚がっていく
雪の中　唐戸から船が来る
湾の賑わいの中に聞こえる
異国の言葉
跳ね橋のたもとで佇んで
道が繋がるのを待って

歩く

冬の夜
空気は澄んで
明かり　きらきら
寒さ　きんきん
星明かりを
たよりに歩く

冬の夜に聴いた
軽々と上がり
どこまでも伸びる

若い合唱
澄んだ声が
心の淀みを洗う

ふわふわのうさぎの耳あて
毛糸の手袋
明かり　きらきら
寒さ　きんきん
目を細めて
明かりに向かって

＊広島大学　東雲混声合唱団「パストラール」に寄せて

牡蠣

牡蠣を食べる
牡蠣グラタン
牡蠣フライ
牡蠣ご飯

どんどん積み重なる
牡蠣の殻
バケツから溢れ
箱から溢れ
海の上には

波に揺られる牡蠣筏
綱に繋がって大きくなる牡蠣達
歩く人人みな牡蠣をほおばり

牡蠣鍋
酢牡蠣
牡蠣スープ
牡蠣の串刺し

波に揺られる牡蠣筏
牡蠣せめぎ合い
綱に繋がってむくむくと太る
牡蠣　海をほおばる

牡蠣殻の島
白くそびえ
牡蠣殻
海に雪崩れる

＊広島　宮島で

＊

サファイア

青い石にはドラゴンの血が眠っているよ
眠る前に語ってくれた人
今は私の血の中に溶け
遠く遺伝子の記憶を細胞に伝える

洋紫荊《ようしけい》

南国の冬空に
洋紫荊が咲く
よく　晴れた空
見上げれば透ける紫の花
五弁の大きなサツキにもにて
ふさふさと木陰を紫に染めている

空に銀の紙とんぼを飛ばす
手から離れ　空に舞いあがり
花の下に落ちてくる

きらきらと　冬の青空に向けて
いくつもの銀色が　舞いあがり
舞いおりて

異国の言葉の中で
陽だまりを見つけて　長い時間
ずっと　飛ばしたり　拾ったりを
繰り返していた
銀色のきらきらと　透ける紫
心を放して　空と遊んで

＊洋紫荊・・・学名　バウヒニア
＊香港　ビクトリアパークで

海の火

凪いだ　滑らかな海の表面から
夜　青い火が次々に　浮かびあがる
怒りの炎
海の上を滑って
戦禍の地に漂っていっては
流血の地を覆い
魂を包んで運んでいく　海の底へと

海に魂を還し
青い火を海に沈めて
魂を鎮める
ほつほつと　今日も
青い火が増える
青い火がめぐる

海の底では　海流が白い骨を洗い
研ぎ澄ましているだろう

黎明

声を失くし
眠れなかった夜
眠りに落ちようとする瞬間に
体の芯が痙攣する
冷水で喉をうるおし
気管に空気を送って
声を出そうとする度に
口は開いたまま固まり
空気の通る喉は熱い
いつ声は還るのか

薄闇の中　ベランダに立つと
明けはじめる　新しい朝
眠っていて　知らなかった黎明の時
東の方から　燭光が射し　雲を朱に染め
鳥の鳴き声が　樹林から立ちあがり
ひんやりとした　朝の大気が流れ
動き出す人の気配
橋を渡る車
海に浮かぶ舟
いつ私の声は還るのか
そして　眠りの中に戻れる日は

空

空に　命を還す
電車の窓から　ぽっかりと空を見ていると
ふと　言葉が降りてきた

空の上に
優しい者たちの　住むところがあるに違いない
こんなに　空気の澄んだ日

さざめき

あちこちでさんざめく
明るい心　（花が咲く）
ながめていよう

笑みながらかわされる
ことば　（水が流れる）
きいていよう

五感をひらいて
浴びていよう（あちこちに）
交錯する人たちの光

乾いた目に涙が戻る
嘆きの日を遠くにおいて
ざわめく心をなだめて

日輪幻想

金環蝕の日の輪に　めらめら立ちあがる　火の触手巻いて　プロミネンスが踊る　あたりは一瞬で　暗く肌寒くなる　隠れた太陽の形三日月の形そのままに　葉の上で　風にたくさんの　三日月の影が踊る　草の葉に光が踊り　蜂の羽音が　かしましい　耳元で　蜂の羽音は遠く近く　鳴り踊る　草原は白いクローバーの花が覆い　蜜集めに忙しかった蜂たちは一斉に花から離れ　せわしなく　飛びまわる　驚愕の金環の日　生き物が動きまわ

る　うろたえる　闇が深まり　気温が下がる
不安が心を覆う　熱が失われていく皮膚　風
が冷たくなる　数分間　日常が陰る　一瞬で
呼び起こされる不安　ある日突然降りかかっ
た　厄災の日　黒い海が乗り上げ　壊し押し
流した　驚愕の驚天動地の日　炎が走り舐め
ていた冬の日が　今にでも起こりそうな体の
震え　プロミネンス踊る　寒くなった世界は
光を取り戻し　また暖かくなる　世界は輝き
また太陽に額を向けたくなる

ある日突然

一万年前の草原で
太陽に向かって　咲いていた　黄色の雛菊
満開の花をつけていた　林檎の木
青々とした枝から　若葉を口に運んでいた象
一万年前の氷河の中に　そのままの形で立ったまま
わずかに上を向いて　封じ込まれ　凍りついた
暖かいある日　いきなりやってきた　寒波の氷結
思いがけない明日が　待っている今日

日常の境目に　太陽に咲く雛菊を思っている
氷の中で林檎の葉を食んでいる　マンモスの姿も
いつの日か凍りついている　窓の外
あるいは　熱帯雨林
空を飛んでいる　大きな蜻蛉
廃墟に　絡みついている　緑の蔦

リースフラワー

乾いた大地に
幾年ぶりかに　雨が降る
土の中で眠っていた　シードの殻が緩み
緑の芽が　ぽつんと
茶色の砂地に　伸び上がる

芽を出した緑の草は　円形に伸び　広がり
やがて　先端に黄色の花をつける
太陽に当たるほどに　赤く色を変える
冠状の花　大地の冠

いくつもの　リースフラワー
命に満ちて　太陽に映えている

＊西オーストラリア　ムーラで　リース・レシュノウルチアの花に寄せて

サザンクロス

ワイルドフラワーを探した
ジェラルトンの海岸に
夕日が沈む
真っ白い砂浜に
風紋が影を落とす

やがて　星が現れ　増えていく

私は　南十字星を探す
空気は澄み渡り　星はよく見えた
空を眺め続け　首が痛くなったが
なおも　星の光を　追い続ける
やめることができない
耳の底に　波の音

＊サザンクロス・・・十字型に咲く西オーストラリアの花でもある

アオラキの底で

アオラキの夜空は澄んで
氷河が削ったU字谷の底に立って
星を見上げる
くっきりと見える星たち
もやめく天の川　南十字星
オリオン　カノープス
暗黒の南天を測って
航海した時代
今　遥かに続く　星空への道

フッカー渓谷

ふりそそぐ鮮やかな陽ざし
紫外線が射止めていく
氷河湖からの流れ
ターコイズブルーの輝きを残像に
赤茶けた　レッドタソックの原を行く
丸く茂るタソックの株が埋める大地を
見え隠れしながら　飛べない鳥が
白い卵を隠し　闊歩している

揺れるマウントクックリリー　白いバタカップ
薄い青のニュージーランド　ブルーベル

岩に張り付くのは　サウスアイランド　エーデルワイス
緑の小さな蘭は　グリーンフィンガー　オーキッド

穏やかに風が渡る　けざやかな日
氷河が割れる音が響き　アオラキの山に谺《こだま》する
氷河湖に崩れ折れる氷塊
アイスグレイッシャの青色の光を閉じ込め
湖に沈み　乳灰色の湖面に浮かぶ

あまたの氷塊の間を縫って
舟が　零度の湖に　漕ぎ出す
アオラキのマウントクック
青空に白く　くっきりと立つ日

＊

ミルフォードサウンド

湿地を歩くとたくさんの虫に刺された　嗅いだことのない　強烈な虫よけの匂いと歩いていたのに　雨降りの後には　湧き出る虫たち　サンドフライ　私の皮膚　指も　手の甲も　まぶたすら腫れあがり　熱を持っている　日がたつにつれ　かゆみとともに　どこまでも腫れてくる免疫のない　未知の蟲の液に痺れる腕　目をあげると　幾筋も流れ出てくる滝　川の流れを作り　タスマン海に注いでいる

ニュージーランドの森で

光あふれるこの土地で　大きく葉を広げる羊歯よ　ここでは
樹木のように育ち　天蓋になっている　ある種は　足元に広
がり　赤い葉脈を持つ　降り注ぐ　光を受けて　大地の気を
大気に放ち　人を養う　鳥を養う　まるく茂る　タソックの
根元に　羊歯の葉影に　卵を隠して　飛べない鳥が闊歩する
幾百年も前に　絶滅した鳥よ　この地に立つと　見える気が
するよ　光を透かす羊歯を分けて　闊歩する姿が　小道の向
こうは　深い赤ブナの森　風に折れて　血の色の樹体が　苔
の上に広がっている

風が吹き　陽光は強い　苔はからからに乾き　岩にはりついている　まぶしい陽ざしが　川の水をターコイズブルーに染め上げ　きらめきながら流れるよ　こんなにも澄んだ　冷たい水の中に　棲む魚もいて　時折　銀鱗を光らせる　強風渡る　腰まで届く　細い金色の草叢《くさむら》が　渦巻き　紫色の野薊《のあざみ》が鳥を　隠している　雲が湧き　激しい雨　視界を白く染めて苔に降り注ぐ　岩を流れ　川に注ぎ　あちこちに隠れ滝が姿を見せる　見上げる　鈍色《にびいろ》の山肌に　白い滝がかかり　私たちを降り込める　川が現れる　小石の道は川になり　流れが速い　水の結界　苔は　緑を取り戻し　頭をもたげ　雨に光る　鳥は息をひそめる　雨が上がる　白くたちこめる　湿気の中　サンドフライが　低く飛び立つ

＊ルートバーン　トラックで

土螢

舟をすべらせて　青い洞窟に入る　氷河湖から続く　コバルト色の水面を渡って　舟を漕ぐ　洞窟の天井から　垂れている　青い光の連なりが　私の瞳に触れてくる　洞窟を埋め尽くす　青い光の天蓋　小さな宇宙にも似て光って光って　やがて　浮かんで　鍾乳石の水滴が　地底湖を打ち　水紋が　広がる　月が満ちると　青い光が割れて　羽の薄い　羽虫が　生まれ　白い塊になって　洞窟の中をいっせいに　飛び回る　羽虫は　岩の割れ目

から　宙空へと　浮かびあがる　地上に出た
羽虫は　時空を超えて　飛んでいく　見える
のは　一面のブッシュ　今は　絶えたモアが
タカへが　ブッシュを走る　棘で刺青し　祈
り踊るのは　森の家の人　ブッシュを覆って
いく　黄色いエニシダの波　緑の中の羊　駆
けるエミュー　川のほとりには　色とりどり
の　ルピナスの群生　カヌーが行く　水の中
では　巨大な白いうなぎが　身を翻す　飛び
終えた羽虫は　複眼に命を閉じ込めて　洞窟
に帰っていく　洞窟の中　羽虫は　青い光の
珠の中に入り　時間を　命を　光の中に包ん
で　闇の中で　青く　眠る

＊ニュージーランド・ロトルアで

ケルプ

海の中で　魚が口を開く
ほつほつと　泡粒が昇る
飲み込む　海の水
海月《くらげ》の光　烏賊《いか》の螢色
ヤツメウナギの赤の色
魚が吸い込み

海流に乗って　泳ぎ運んでいく
ケルプの森には　たくさんの卵
波にゆらゆら揺られて　光っている
卵の中では小さな生き物が
あわただしく動き
殻を破る瞬間を待っている

＊ケルプ・・・コンブ科の大型海藻類

噴水

あなたのそばで　いつも心は腫れている　海流にそよぐ　長い海藻の腕に　抱きとめられて　静かに根元に沈んでいく　海藻の腕から腕へと渡されながら　底へ底へと　落ちていく　あちこちから　涙が流れる　血が海に溶けだす　皮膚がはがれる　血を探して　首筋に伸びる　海藻の触手に　背をそらせば　とくとくと　海の底から　海の鼓動が　聞こえてくる　海の底には　貝が砕けた　白い砂が層になっている　月の満ち欠けに　魅かれて

うねる　海流に　海底から　白い　指の骨が
立ち現れて　水をつかむ　白く堅い指で　海
藻を奏でると　澄んだ　噴水が　砂の中から
湧き上がってくる　幾条もの湧水の　水の糸
色　とりどりに泳ぐ　熱帯の魚たちを絡めて
体を絡めて　海藻を絡めて　上へ上へと昇っ
ていく　やがて　円い水の天蓋　揺らめいて
光を通す　海流の向こうから　鯨の恋歌が聴
こえる　ケルプの森が海を漂う　音楽をのせ
て　鯨の泳ぐ氷河の海まで　ケルプが流れた
後には　死に絶えた珊瑚の化石　海流に流れ
落ちる　枝珊瑚の白い森　白い砂　死んだ魚

関門海峡

頭の上　海流が流れていく　音もなく　何か
に魅かれるように　地球の海を巡る　魚が私
の頭上を泳いでいる　不思議　息を詰めて何
処にいくのか　命永らえる　魚の群　銀色の
塊　鰯の群れ　白い槍は烏賊《いか》の群　幾万もの
丸い海亀の群は　卵を抱えて　海流のジェッ

トコースターに乗って　何処の砂浜に　行
きたいものか　海流の下には　海底に眠る
髪の束　装束の絹　沈んだ舟の舟板　海流
の底に　はりつく時間　白い砂に　還る骨

海藻を拾う　磯の上には　波が音を立てて
魚を隠して　時を覆って

沼

沼の底には　深い穴があるという　その穴には　魚の主が棲み　激しい風雨の日に　穴から　水面に出てくるのだという　沼の底には青灰色の肌理《きめ》の細かい泥が　幾層にも重なり魚の主を隠している　真ん中にある　浮島は細い草がびっしりと覆い　小さな花を咲かせている　ノコギリソウ　ふうろ草　アキノキリンソウ　しもつけ草　背の高い鬼ゆり　遠くに赤いヤナギラン　霧が隠しては風が晴ら

す　魚が呼吸すると　浮島が揺れる　よく晴
れた暑い日の夜　突然の雨が降る　稲光と雷
の轟きとともに　一寸の先も見えない　雨風
の帳《とばり》　打たれ揺れる　木々や葉　地面に伏す
草花　沼では　魚の主が　穴から昇り　背び
れで　水面を切りながら　泳いで回っている
泥炭を尾で打ち　青い泥を水に溶かしながら
豪雨の間の　束の間の解放　沼の面《おもて》が静もれ
ば　大気を抱いて　魚は　穴に深く潜る　次
の季節を夢見て

夏至

空に伸びあがる　樹の樹幹　地下水脈を汲み
上げ　根は　幾百年前に降った　水に触れる
ために　岩盤の割れ目を目指して　もうずっ
と　根を伸ばし続けている　螢の卵を　掬い
取り　枝の先で　光らせる　水面に映る　螢
の炎が　点滅して　青い吐息を　宙に満たす
土中の　壷の中の骨が　青く燃える　人知れ
ず燐光を燃やして　どこから入ったのか　螢

が壷の中で舞う　燐光から　燐光へと　懐か
しいものに出会ったように　螢が増えていく
やがて　螢が壷の中から　樹の枝先から　つ
ぎつぎと空に放たれ　尾を曳きながら　空に
昇っていく　明滅しながら　光の尾を曳いて
夜空に消えていく　静かな樹の祭り　光の消
えた樹はまた　根の先を　地中奥深く伸ばす
ひとまわりの　年輪を重ねて

鳥物語

銀色の胎内に　ぷよぷよの柔らかい卵たちが
入っていく　ひとつ残らず　納めて　銀色の
鳥　黄昏時を滑走する　重たいからだを　空
に浮かべるために　全力疾走をする　足元に
は　森の中で　きつねの指がともす　道しる
べの青い灯　目の下で青い炎をとらえ　空を
見据えて　鳥が飛び立つ　羽で気流を裂いて
風をとらえに上昇する

鳥は　夏の国に　行きたかった　南へ南へと
風に乗った　これで行ける筈　鳥は力を抜い
た　よく澄んだ日だったので　遠くまで見え
た　目をあげると　天頂はもう　深い闇の天
蓋が広がる　夜のとばりの中だった　右のオ
レンジ色の　太陽が燃える大気の帯が　水平
線を　切り取り　囲んでいた　海と闇の間に
炎が立った　燃えて　海の形を浮かび上がら
せていた

炎を　右目に捉えて　南へ南へ　冬の国から
夏の国へと飛ぶ　やがて　闇の中に　星が
くっきり光りはじめ　細い月が架かる　太陽

の炎の舌が　海の向こうに隠れながら　囁く
『うさぎが一跳《ひと》ね　火を盗んで　跳んで行った　うさぎは　どこに跳ねた　火の山の頂まで　巣穴の中にまで　うさぎの瞳の奥にまで』
鳥の目には　雪の女王の　氷のかけらが入っていた

銀の鳥の中では　ぷよぷよの　たまごたちが昇る日輪の　コロナの舌が海に触れる頃　ひとつひとつ　いろいろな鳥の卵になり　固くなっていった　卵が孵るのは　赤道の向こう強い太陽の紫外線が　飛び続けた銀の鳥の羽を　きんきんと焼く頃　卵たちは　空で孵っ

て　気流に乗って　散っていく　空で覚えた
鳥の歌を　歌いながら　羽ばたいて　羽ばた
いて

体が　軽くなった　銀色の鳥は　海の近くに
降りてきて　止まり木を探す　環礁が見えた
鳥が見えた　波が見えた　森が見えた　ブッ
シュが見えた　銀の鳥は　草原に降り立った
久しぶりの夏の大地　氷のかけらは　溶けた
のだろうか　首をかしげていると　赤い目の
うさぎの耳揺れて　また新しい　ぷよぷよの
たまご　鳥の中に入っていく

青い鳥

風が　聖堂の尖端から　吹いてくる　夥しい鳩を連れて
鐘楼の鐘の音と一緒に　吹き降ろしてくる　私は　石畳
の上で　鳥を待つ　手のひらに　北の丘で　集めてきた
野草の種を載せて　青い鳥を群に探して

黄金を溶かした　赤色の　ベネチアングラスが　光に揺
れる　青い鳥の羽根が　石畳の上に落ちている　いくつ
もの　石の橋を渡って　石畳の回廊をくぐって　探して
歩く　この迷宮のどこかに　青い鳥はいる

風の流れを映して　運河がさざ波立つ　小さな海鳥たち

が　水面に浮かんでいる　向こう岸に　青い鳥はいるか
運河をゴンドラで行く　舟の先には　北の丘で　摘んだ
野の花の花束　海に姿を映して　舟が流れる

歌声が昇る　空にリボンを架けて　私の胸では　ビジョ
ンブラッドのペンダントが光る　いくつもの　橋のアー
チをくぐり　水の迷宮に入る　青い鳥は　どこ　水がひ
たひたと　石畳の広場に　よせてくる

石畳の上を　黄金の靴を履いた人が　ゆく　風で帽子が
舞い上がる　聖堂の尖端に　帽子が　架かり　青い鳥が
ドォーモから　飛び立つ　私は　手のひらを開いて　野
草の種を　風に載せる　青い鳥に　届けに

満月幻想

壺に水が満ちて　あふれ出す夜　湧き水は　岩の隙間から浸み出し　泉を作る　草を沈め　花を沈め　根を浸し透明に覆っていく　白い卵がひとつ　樹の葉の上に棲み月満ちる夜　孵り　水に落ち　泳ぎ始める　それは小さな生き物　緑の野草を縫い　咲き揺らぐ花を縫い　森の中の　誰も知らない泉の中　泳いでいる　あふれる時が壺から流れだし　溜まった水が　静かにあふれ続け　泉は月光を映す　やがて現れる古代魚　悠々と　固い鱗を月に光らせて　透明な泉の中を　泳ぎ回る　樹の上から一羽の　鳥が飛び立ち　月の下を廻る　視野の欠けた鳥

が見るものは　欠けていく光と　褪色していく色　鮮やかさを懐かしみ　見えない天を哀しんで　月光に　視野を隠す　視神経を弱らせた　太陽の眩しい光と熱から離れ　目の端に光る鱗をとらえて　月に向かって飛び始める　羽が泉に落ち　水紋を生む　水の中で　空気を失くした樹の根は　いつしか上に向かって伸び　水の上に垂直に　幾本も顔を出し呼吸する　緑の葉はますます上に繁り　枝葉の中では　新しい卵がうまれる　闇の中　月の卵が孵り　新月になって　空に落ちる　夜空の底にはたくさんの色の星星が　渦巻き　光り　またたき　新星の誕生を待っている　空の壺に　命満ちてあふれ出す夜流れ星

あとがき

『まなざしに』を上梓して十二年が過ぎました。安水稔和先生主宰の詩誌「火曜日」も終刊。淋しいです。生活にも大きな変化がありました。私は退職してゆったりした時間を過ごすようになりました。仕事に追われ、ふと気がつくと葉桜になっていた桜。大好きな桜。ゆっくりと桜を訪ねられるようになりました。桜に遊び、桜の詩がたくさんできました。旅にも出かけました。また詩集をまとめたくなりました。四季折々の自然や旅の詩を中心にまとめることにしました。印象、心象を共有していただけたらありがたいと思います。

詩集出版にあたり左子真由美さんには、感性豊かに美しい詩集に仕上げていただきました。感謝いたします。

二〇一七年　春

瑞木　よう

瑞木《みずき》 よう（本名　杉山 新子）

1959年 岡山県生まれ。岡山大学卒業
総合詩誌「PO」会員 「関西詩人協会」「兵庫県現代詩協会」会員
「ひょうご日本歌曲の会」会員
既刊詩集 『揺籃』（1987年　EPOC）
　　　　『夢見の杖』（2000年　EPOC）
　　　　『まなざしに』（2005年　編集工房ノア）

住所　〒658-0032　神戸市東灘区向洋町中 1-10-101-2702
　　　Email　sinko-yow-mizuki@ricv.zaq.ne.jp

詩集　桜の空

2017年4月17日　第1刷発行
著　者　瑞木　よう
発行人　左子真由美
発行所　㈱竹林館
〒530-0044　大阪市北区東天満 2-9-4　千代田ビル東館7階FG
Tel　06-4801-6111　Fax　06-4801-6112
郵便振替　00980-9-44593
URL http://www.chikurinkan.co.jp
印　刷　㈱国際印刷出版研究所
〒551-0002　大阪市大正区三軒家東 3-11-34
製　本　免手製本株式会社
〒536-0023　大阪市城東区東中浜 4-3-20

ISBN978-4-86000-359-3　C0092

定価はカバーに表示しています。落丁・乱丁はお取り替えいたします。